CW01095746

SCRIVI UNA FAVOLA
VI EDIZIONE

Ass.ne GENITORI DEL SUD ETS/OdV

Ass.ne Genitori del Sud

Via Roma II Trav . 129 – 80030 Cimitile (Na)

e-mail genitoridelsud@gmail.com

cell.338 530 046

CHI SIAMO?

L'Associazione Genitori del sud non ha scopo di lucro e persegue esclusivamente finalità di solidarietà sociale L'associazione realizza percorsi in sostegno alla genitorialità e promuovere attività sul territorio che valorizzino in ruolo della famiglia, ed i valori sociali ad essa connessi, attraverso momenti di incontro, confronto e di sensibilizzazione rivolti alla collettività.

L' Associazione promuovere una cittadinanza attiva, partecipe ed attenta alle varie problematiche (scolastiche, sicurezza, spazi, ambiente, trasporti, etc...) attraverso incontri di sensibilizzazione, divulgazione di materiale informativo e promozionale, educa al senso civico e alla tutela dei beni comuni e a difesa del territorio e dell'ambiente.

LE NOSTRE INIZIATIVE

Bando di concorso: Scrivi una favola; Mostra di disegni
Laboratorio teatrale per bambini; Laboratorio creativo per bambini; Laboratorio lingua inglese;
Laboratorio lingua italiana; Laboratorio di ferro e uncinetto; Laboratorio di cucito creativo;
Laboratorio decoupage; Laboratorio trucco; Laboratorio scacchi; Laboratorio di scrittura creativa;
Laboratorio di progettazione Europea Corso di pasticceria; Corso di pizza; Corso di pasta fresca;
Sportello ascolto; Circle time; Gruppo per camminare; Bacheca cerco e offro; Giornate di
prevenzione; Swap; Mercatino di Natale;

fondazione
premio
cimitile

Gent.ma Dott.ssa Felicetta Lombardi

Oggetto: Scrivi Una favola VI edizione –
Le sfumature del Bullismo V edizione
Concessione di Patrocinio Morale

Le comunico di aver concesso il Patrocinio Morale per le iniziative indicate in oggetto.

Nel formularle i migliori auguri per il successo degli eventi, colgo l'occasione per inviarLe cordiali saluti.

Cimitile, 25/07/2019

Il Presidente
Dott. Felice Napolitano

Sede Legale:
P.zza Conte Filo della Torre, 1
c/o Comune di Cimitile
80030 Cimitile - Na
tel. 081.3110311
fax 081.5122061

Presidenza:
Felice Napolitano
via Nazionale delle Puglie, 3
80030 Cimitile – Na
tel./fax 081.8239827
mobile: 3351858098

Codice Fiscale
92026150636
P.Iva
05251621214

Conto Corrente
Sanpaolo Banco di Napoli S.p.A.
Agenzia Cimitile 0771 – Na
Cin 8 Abi 1010 Cab 38870 C/C 1000/1091

www.fondazionepremiocimitile.it
info@fondazionepremiocimitile.it

Scrivi una Favola VI edizione – Ass.ne Genitori del sud e-mail
genitoridelsud@gmail.com cell. 3385300468

VUOI SOSTENERE LE NOSTRE ATTIVITA' ?

DONA IL TUO

5X MILLE C.F. 92047800633

Prefazione

Tutti possono "aiutare" offrendo ciò che meglio conoscono e comprendono. Il messaggio che emerge dalla lettura di queste favole è la COOPERAZIONE, che diviene la "qualità" delle future generazioni. La cooperazione unisce individui liberi e consapevoli, capaci di mettere la propria creatività a servizio di ogni attività per darle la possibilità di migliorare e progredire. Si sviluppa così la consapevolezza di essere parte di un'infinita rete di relazioni.

prof.ssa Maria Assunta Oliviero.

Prefazione

Anche quest'anno ho accolto con immenso piacere l'invito dell'associazione "Genitori del sud" a leggere le favole scritte dai bambini di scuola primaria e secondaria di primo grado. Per me è sempre un piacere leggere, ma quando poi a scrivere sono dei piccoli scrittori essa diventa ancora più interessante perché posso vedere il mondo attraverso gli occhi dell'innocenza.

Leggendo queste favole ci si ritrova in un mondo magico fatto di animali e paesaggi fantastici che raccontano una storia intrisa di una morale. I piccoli scrittori hanno saputo dar voce alla natura e ai personaggi con un linguaggio semplice e diretto, cogliendo la realtà della vita e trasferirla al lettore in modo immediato. Non ci sono fronzoli o arguzie linguistiche c'è solo tanta fantasia, il mondo è visto dagli occhi dei bambini che più degli adulti sanno cogliere il senso vero dei valori, quali: l'amicizia, la condivisione e l'amore.

Prof.ssa Anna Maria Coppola

Sommario

Scrivi una Favola VI edizione – Ass.ne Genitori del sud e-mail genitoridelsud@gmail.com cell. 3385300468

I

Sterlina e Dorin

Tanti anni fa, il mare era pulito e i pesci, le tartarughe, gli squali, i delfini.... nuotavano tranquilli, senza nessun problema. Con il passare del tempo, però l'uomo ha iniziato a non rispettare più il mare gettandoci dentro tanti rifiuti soprattutto la plastica.

Un giorno una tartaruga stanca, andò a riposare sul fondale del mare dove c'erano tante alghe e coralli nascosti dietro una barca affondata.

Una stella marina che passava di là si appoggio sul guscio della tartaruga perché l'aveva scambiata per un sasso. Quando la tartaruga si svegliò dopo un lungo sonno, si sentì un po' appesantita.

Iniziò a nuotare e la stella Marina che stava sopra vide tutto muoversi intorno a lei e disse: " AIUTO!!! aiuto!"

Scrivi una Favola VI edizione – Ass.ne Genitori del sud e-mail
genitoridelsud@gmail.com cell. 3385300468

La Tartaruga disse: "Ah! Ecco perché mi sentivo così pesante".

La Stella Rispose : " Piacere mi Chiamo Sterlina" e la Tartaruga : " Piacere io sono Dorin. Vogliamo andare verso la riva vicino al porto?".

Sterlina rispose: "Si!!"

Dopo un lungo viaggetto erano quasi arrivati quando Dorin disse :" Accidenti! Ci siamo incastrate in una busta di plastica".

Mentre provavano come fare per liberarsi arrivò un granchio che disse: " Vi salverò io!"

Con le sue chele tagliò la busta , Dorin e Sterlina lo ringraziarono e gli chiesero : " Come ti chiami?"

Il granchio rispose. " Piacere mi chiamo Granello".

- " Noi invece siamo Sterlina e Dorin è un piacere conoscerti! Andiamo a fare una nuotata insieme?"

Granello rispose : "Si!"

All'improvviso Sterlina urlò . "Dorin attenta ! c'è una rete "

Dorin era stata catturata ed iniziò ad urlare: " Aiuto, Aiuto!"

Il pescatore che stava sulla barca disse: " L'abbiamo presa!"

Subito in suo soccorso arrivarono Granello e Sterlina e tanti altri pesci che la liberarono, così quando i pescatori tirarono su la rete era tutta rotta e vuota. Dorin era salva!

Un brutto giorno una nave che trasportava petrolio urtò contro un grande scoglio e dallo squarcio cominciò ad uscire petrolio che fece ammalare e morire tanti pesci.

Dorin, Sterlina e Granello decisero di dover salvare il mare e i loro amici. Così si avvicinarono a degli uomini che stavano mettendo delle barriere per fermare il petrolio che era caduto nel mare, Dorin si avvicinò e disse: " Ehi! Volete capire voi uomini che se continuate ad inquinare il mare oltre ad uccidere noi prima o poi ucciderete voi e i vostri figli?"

Gli uomini chiesero a Dorin : " Come possiamo aiutare?"

Dorin rispose: "Solo i bambini possono aiutarci, insegnate loro ad amare e rispettare la natura; sono loro il FUTURO"

Luisa Russo 5° B

I.C. Giacomo Leopardi – Giovanni Paolo II

Torre del Greco.

L'armadio magico

C'era una volta una bambina di nome Sara che andò a vivere dalla nonna perché erano morti i genitori.

Scrivi una Favola VI edizione – Ass.ne Genitori del sud e-mail
genitoridelsud@gmail.com cell. 3385300468

Quando arrivò a casa della nonna, si guardò intorno e si rattristò, perché quel paese non faceva per lei e pensava agli amici che aveva lasciato. Sara entrò in casa e la nonna l'accompagnò nella sua camera.

Iniziò ad aprire tutti i mobili e i cassetti ma non trovò nulla di interessante. In camera c'era anche un armadio grande molto vecchio che accese la sua curiosità, decise così di aprirlo ma mentre stava per farlo la nonna la chiamò: "Scendi Sara è pronta la cena! "... Sara andò di corsa lasciando l'armadio socchiuso.

Si trattennero a cena a parlare e si fece molto tardi. Sara stanca andò in camera si lanciò sul letto e si addormentò.

All'improvviso una luce che penetrava tra le ante dell'armadio la svegliò e attirò la sua attenzione.

Curiosa si alzò e aprì l'armadio, si sporse e fu risucchiata da un vortice luminoso e atterrò su un prato.

Ma Sara, non si intimorì e iniziò ad esplorare la zona intorno. Così mentre passeggiava, incontrò, all'improvviso, un leone. Sara si spaventò e iniziò a scappare ma il Leone, che correva più veloce, la raggiunse e le disse : " Perché scappi? Non devi avere paura di me".

Sara sorpresa si fermò

Il leone le chiese: "Come ti chiami? … Io sono Leo, diventiamo amici?"

Sara gli disse il suo nome e anche se un po' intimorita prese coraggio e saltò sul dorso. Leo la portò in posto incantato dove ogni desiderio veniva realizzato.

Sara allora espresse il suo desiderio: "Vorrei tanto rivedere i miei genitori".

Come d'incanto le apparvero davanti, lei contenta ed anche emozionata li abbracciò forte, non voleva più tornare dalla nonna.

La mamma, allora le disse: "adesso devi ritornare alla realtà, ma sappi che ogni volta che desidererai vederci ci troverai qui, basterà aprire l'armadio magico… Questo sarà il nostro segreto ".

Così si salutarono, Leo accompagnò Sara all'ingresso del vortice che la riportò nella sua camera …Tutta contenta si riaddormentò.

Sabrina Aria 5° B
I.C.Giacomo Leopardi – Giovanni Paolo II Torre del Greco

Scrivi una Favola VI edizione – Ass.ne Genitori del sud e-mail
genitoridelsud@gmail.com cell. 3385300468

I frutti magici

C'era Una Volta, in un luogo lontanissimo e irraggiungibile, un bellissimo regno nascosto tra i ghiacciai del Polo Nord.

Qui viveva un popolo magico, che grazie alle sue magie, riusciva a sopravvivere in questo luogo così freddo. Era gente pacifica, che coltivava frutta e verdura nel ghiaccio e, come per incanto, tempestivamente crescevano piante rigogliose e ricche di frutti magici, che davano dei poteri immensi a chiunque li mangiasse.

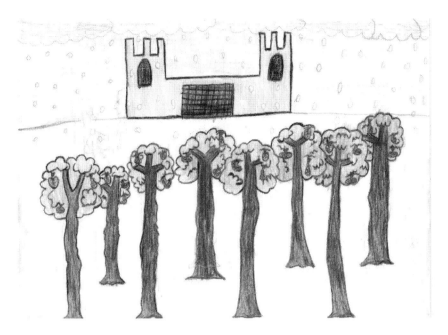

La gente di quel posto li custodiva gelosamente, perché era grazie a quei frutti che riuscivano a sopravvivere.

In quel posto magico, regnava una principessa bellissima e dolcissima. Aveva tempo per tutti e se qualcuno aveva un problema, lei subito lo aiutava.

Inoltre, era l'unica ad avere il potere della guarigione, quindi era considerata anche il medico del suo meraviglioso regno.

Purtroppo, un giorno, il regno del fuoco attaccò il regno del ghiaccio, perché voleva rubare a tutti i costi i frutti magici, che li avrebbero resi invincibili.

In quel modo avrebbero conquistato tutto il mondo facilmente. Così scoppiò una lunga guerra, che portò solo sofferenza e distruzione in entrambi i regni.

Durante uno scontro violento, il principe del regno del fuoco rimase ferito gravemente e fu abbandonato sul campo dai suoi guerrieri, perché pensavano che fosse morto.

I guerrieri del regno del ghiaccio, che avevano un cuore nobile e generoso, trasportarono il ferito dalla principessa, affinché lo guarisse.

La principessa guarì l'uomo, che appena aprì gli occhi e vide la donna dai capelli d'oro, se ne innamorò all'istante. Anche la principessa rimase incantata dal giovane, forse perché lui era alto, forte, coraggioso e bellissimo. I due giovani si dichiararono amore eterno e volevano sposarsi, ma prima l'uomo doveva risolvere una questione importante nel suo regno, mettere fine a quella guerra inutile.

Così ritornò nel suo regno per convincere i sudditi a fermare la guerra. Purtroppo non vollero accettare, allora il principe raccontò che il regno del ghiaccio era abitato da persone dal cuore grande e che se non fosse stato per la loro gentilezza lui sarebbe morto di sicuro. Inoltre la principessa lo aveva salvato e lui se ne era innamorato perdutamente e voleva sposarla. Dopo averlo ascoltato , i sudditi si intenerirono e decisero di fermare la guerra e approvare il matrimonio .

Così il principe seguito dai suoi sudditi, andò nel regno del ghiaccio e finalmente sposò la sua amata, che accolse con gioia i sudditi del regno del fuoco e condivise con loro i tanto desiderati frutti magici . Così i due regni vissero per sempre in pace, grazie alla forza dell'amore che vince su tutto.

Mariarosaria Vitiello 5° B

Giovanni Paolo II

Scrivi una Favola VI edizione – Ass.ne Genitori del sud e-mail genitoridelsud@gmail.com cell. 3385300468

Questa conchiglia e' veramente troppo stretta

C'era una volta una chiocciola tanto carina che si chiamava Jiji. Il suo sogno era quello di possedere una casa più grande di quella conchiglia che si portava a spasso fin da quand'era piccola. Un giorno decise di abbandonare quella conchiglia che era cresciuta assieme a lei e di allontanarsi dall'orto in cui viveva, dicendo:
-Questa casa mi sta stretta!

 Troverò una conchiglia più spaziosa e più elegante, ne sono certa!!

Era una mattina di primavera, aveva piovuto e Jiji, ormai lumaca, con facilità scivolava sul suo muco e sulle gocce d'acqua sparse sul suolo.

Scrivi una Favola VI edizione – Ass.ne Genitori del sud e-mail
genitoridelsud@gmail.com cell. 3385300468

Scivolando, scivolando, arrivò vicino ad un cespo di lattuga, ben piantato nel suolo era di un verde brillante e che mai Jiji ne aveva visti così belli e perfetti nella sua piccola vita!

-Oggi farò proprio una ricca colazione!- disse.

Mangiucchiandone una foglia, aggiunse:

-Strano che questa splendida insalata non sia stata ancora mangiata dagli animaletti che abitano quest'orto!

Jiji, con la pancia piena, ricominciò a scivolare sul suo muco in cerca della sua nuova, splendida e super spaziosa conchiglia. Scivola di qua, scivola di là di conchiglie abbandonate e con tutte le qualità con la quale la desiderava Jiji, non se ne vedevano.

-Quella è rotta, almeno la mia è tutta intera! Quella è piccola, la mia sarà il doppio!

E così dicendo, si rese conto che, piano piano, stava scivolando verso la strada di casa! Infatti si ritrovò nel piccolo orto dove aveva avuto inizio la sua breve avventura.

Scrivi una Favola VI edizione – Ass.ne Genitori del sud e-mail genitoridelsud@gmail.com cell. 3385300468

Improvvisamente cominciò a sentire dei forti dolori alla pancia:

-Ecco perché l'insalata era così buona e perfetta! Gli umani l'hanno avvelenata perché noi lumache non la potessimo mangiare! Finirà che avveleneranno loro stessi, stupidi che sono!

In lontananza vide la sua conchiglia e ne fu felice.

-Ma che strano, sembra muoversi. Forse anch'essa è felice di riavermi a casa! -Disse, ma, nell'avvicinarsi, si rese conto che la sua conchiglia aveva un nuovo inquilino, al quale Jiji, appena dopo aver salutato ed essersi presentato, chiese subito:

-Per favore, ora potresti scivolare fuori, visto che questa conchiglia che ti ospita è la mia?

-Eh, no!- disse la lumaca, un po' timorosa ma decisa - Un bimbo mi ha schiacciato con la sua scarpa, rompendo la mia povera conchiglia, ho appena fatto in tempo a salvarmi.

Dopo tanta pioggia e tanto sole ho trovato questa splendida conchiglia che qualche sciocco ha abbandonato... mi sembra di capire che lo sciocco sia tu, comunque, adesso questa è la mia casa e non la lascio più!!!

Jiji, se ne scivolò via lentamente. Era triste, in verità più per il mal di pancia che non lo abbandonava che per la vecchia conchiglia che aveva trovato ormai occupata. Infatti, in cuor suo sapeva che, impegnandosi, avrebbe trovato ciò che desiderava. E, scivolando, scivolando, borbottò:

-Troverò una conchiglia più spaziosa ed elegante, ne sono certa! Forse ci vorrà molto tempo ma sono convinta che impegnandomi, la troverò!

Quella conchiglia mi sta veramente troppo stretta!!

Jiji ci insegna che bisogna essere sì grati e riconoscenti per ciò che la vita ci ha donato ma, al tempo stesso, di non stare al balcone e vivere con coraggio.

Eseguita da: Gli alunni della classe III sez.U

Scuola Primaria

Del Convitto Nazionale "A.Nifo"

Sessa Aurunca (CE)

Uniti si vince

Quel mattino Leo si era svegliato presto perché doveva raccogliere più ghiande che poteva, in vista del lungo sonno invernale.

Che fatica saltare giù dal letto all' alba! Era una cosa che proprio non gli piaceva fare e tutto il suo corpo rifiutava di svegliarsi.

I suoi occhioni rimanevano semichiusi, nonostante lui li strofinasse con l'acqua fresca e cristallina della sorgente vicina.

Le zampette proprio non ce la facevano a star dritte e che dire dei capelli!

Il ciuffo fulvo, che gli incorniciava il viso furbetto, non voleva stare al suo posto. Leo pettinava con cura i capelli, lisciandoli con la gelatina di more "effetto coiffeur" che gli aveva regalato la sua mamma per il compleanno, ma ogni tentativo era inutile perché, ad uno ad uno, i capelli ribelli sfuggivano al pettine e ritornavano in bella vista sulla fronte. Era una battaglia persa: si sentiva come Don Chisciotte contro i mulini a vento.

Decise di arrendersi, indossò la sua bella sciarpa di lana morbida, intrecciata con foglie di edera e uscì

Scrivi una Favola VI edizione – Ass.ne Genitori del sud e-mail
genitoridelsud@gmail.com cell. 3385300468

alla ricerca del più prezioso dei tesori: ghiande e nocciole.

Eh si, perché Leo era uno scoiattolo, un giovane intraprendente scoiattolo, con una bella coda rossiccia e voluminosa.

Aveva un bel sorriso che faceva innamorare qualunque scoiattolina lo guardasse e una grande luce negli occhi. Era la luce della giovinezza e del coraggio, quella stessa luce che sta lì a promettere un futuro fatto di grandi imprese.

Certo nell' ultimo periodo, nonostante il suo cuore di leone, era un po' più in ansia quando andava alla ricerca di cibo, perché gli uomini stavano abbattendo gli alberi del bosco e si avvicinavano sempre più al grande abete che era la sua casa. A volte si svegliava di soprassalto al tonfo di un tronco che cadeva al suolo vinto dall' uomo. Era molto preoccupato per il grande bosco e per i suoi abitanti, ma ora non poteva pensarci, perché doveva uscire in cerca di provviste.

Aldilà del torrente c'era un grande querceto con gli alberi più maestosi che avesse mai visto e le ghiande sarebbero state sue.

Si diresse, dunque, verso il corso d'acqua, armato di grandi speranze, ma quando arrivò alle sponde trovò una sgradita sorpresa: in lontananza vide che gli uomini erano arrivati al querceto e stavano tagliando tutti gli alberi. Pianse calde lacrime, non riusciva più a fermarsi, gli solcavano le guance e gli inondavano il cuore. Si sedette, talmente addolorato da non riuscire a reagire, ma poi disse a se stesso: - "Ora devo agire devo fermare gli uomini ! " Si alzò, bevve un po' d'acqua e si sentì meglio. Decise allora di parlare con gli amici del bosco. Radunò ai piedi del grande abete: Yuri lo scoiattolo, Stella la scoiattolina, Flora la lupa Ugo l'orso, il pipistrello Sophia, Martin l' aspide, il cervo Francesca, il falco Pasquale, i cinghiali Salvatore e Samuele, la talpa Giusy, il gufo Vincenzo e la gufetta Angela, il tasso Pasqualino, il camoscio Federico, Mathias la puzzola, Karol la lepre, la volpe Davide, il fagiano Agniello, il picchio Ylenia.

- Dobbiamo salvare il bosco amici! Gli uomini devono andare via, altrimenti tutti gli alberi saranno rasi al suolo - disse Leo, rivolgendosi agli animali che ascoltavano con attenzione, cercando una soluzione.

Presero la parola ad uno ad uno.

Giusy disse: - Lanciamo agli uomini tante ghiande!-
Angela replicò: - Costruiamo una trappola! –

Quando sembrava che non ci fosse soluzione possibile, intervenne il cervo Francesca dicendo:

-Ho un'idea, chiamiamo in aiuto tutte le lucciole del bosco e chiediamo loro di prendere la forma di un orso gigantesco, il più grande che si sia mai visto. Gli uomini vedendolo scapperanno in preda al panico. –

Furono tutti entusiasti e decisero di attuare il piano. Al calare della sera, aiutarono le piccole lucciole a disporsi per formare un grande animale.

-Tutti a destra! – continuava Martin. E finalmente il gigantesco orso prese forma.

Tutti insieme si recarono presso il torrente, dove gli uomini erano accampati per la notte e annunciarono l'arrivo del "mostro" con dei versi spaventosi.

Scrivi una Favola VI edizione – Ass.ne Genitori del sud e-mail genitoridelsud@gmail.com cell. 3385300468

I boscaioli si svegliarono e, nel vedere quell'immenso essere che emanava luce e suoni terrificanti, morirono dallo spavento.
-Scappiamo via! Questo bosco è maledetto! – gridarono.
Non tornarono il giorno dopo e neanche nei giorni successivi.

Leo e i suoi amici non avevano più nulla da temere, perché nel grande bosco era tornata a regnare la pace.
Da allora in poi, Leo, che aveva dato prova di grande coraggio e determinazione, venne chiamato "Lionheart": cuor di leone.

Classe IV Sez. Unica
Scuola Primaria
Convitto Nazionale " A. Nifo"
Sessa Aurunca (CE)

Il signore di campagna e la sua avventura

C'era un signore che abitava in campagna e annaffiava ogni giorno i suoi ortaggi. Era da un paio di giorni che un uccellino passava di lì, ma non cinguettava. Il signore era un po' spaventato perché pensava che era strano che un uccellino non cinguettasse. Allora il signore decise di seguirlo. Dopo un po' di tempo arrivò ad una fabbrica dove costruivano uccellini con una telecamera sugli occhi. Il signore aveva capito che lo stavano spiando delle persone malvagie che lo volevano intrappolare, perché, in passato era un poliziotto che fece arrestare degli individui per 6 anni. Il signore chiamò i suoi amici poliziotti, perché lo avevano già rinchiuso in prigione. Allora i poliziotti dovevano fare una missione di salvataggio, ma non si accorsero che c'era l'uccellino che li stava guardando. Entrarono nella fabbrica e trovarono due guardie sul tetto e quattro vicino alla porta. Decisero di andarli a stordire, ma catturarono anche loro perché li aveva visti l'uccellino robot. Persero le speranze però non sapevano che esisteva un supereroe chiamato Speeder.

Speeder arrivò alla fabbrica e non si fece vedere perché era troppo veloce, stese le guardie, il capo degli scagnozzi e l'uccellino, liberò i poliziotti. Speeder portò gli scagnozzi e il capo alla centrale di polizia e riportò i poliziotti alle loro case, lo ringraziarono tutti. I poliziotti capirono che i supereroi non erano una minaccia, per questo contavano su di loro in ogni occasione di pericolo, ma non si saprà mai la loro identità. Il signore tornò in campagna ed era felice per quello che era successo, festeggiò con i suoi amici e grazie . Così capì che ogni persona può dare un   prezioso aiuto   per sconfiggere i delinquenti: Tutti uniti c'è la possiamo fare

Fulvio Nappo, 5° B,

Giovanni Paolo II.

Chi trova un amico...

Tanto tempo fa nel Cretaceo, c'era un gruppo di T-Rex che vivevano cacciando nei territori circostanti. Tra loro c'era una madre che aveva deposto un uovo, aspettava con ansia che si schiudesse. Dopo qualche mese dall'uovo uscì un piccolo dallo sguardo vispo che dal guscio rotto fece capolino e disse:
-Finalmente ci sono anch'io al mondo! -

La mamma chiamò il suo piccolo Mandibola; lo amava e lo coccolava come ogni madre fa con i propri figli.

Un giorno per cercare il cibo, un branco di Diplodochi era andato molto vicino al territorio del branco dei T-Rex. Nel branco dei Diplodochi c'era un piccolo erbivoro di nome Codino che amava esplorare e scoprire il mondo.

Una volta Codino si allontanò dal branco e si incuriosì nel vedere Mandibola che inseguiva un topolino dicendo:

-Fermati topaccio, dove corri , tanto ti prendo, ho fame! -

E con una zampata lo afferrò e lo ingoiò in un boccone.

Codino non era per niente spaventato, anzi era divertito nel vedere quello che aveva fatto Mandibola. Ridendo si avvicinò e i due fecero subito amicizia: insieme giocavano, ridevano, esploravano nuovi luoghi…

Non riuscivano più a staccarsi, era nata tra loro una nuova e forte amicizia, anche se appartenevano a due specie diverse: Mandibola al gruppo dei carnivori, e Codino al gruppo degli erbivori. Mandibola e Codino non volevano far scoprire ai loro rispettivi genitori che erano amici per la pelle: loro non avrebbero voluto!

- Non facciamoci scoprire dai nostri genitori testoni, è così bello stare insieme! Su troviamo un posto dove incontrarci di nascosto. –
Fu così che scoprirono un'immensa prateria con erba alta dove si nascondevano e dove c'era anche uno splendido ruscello e una cascata meravigliosa.

Codino sussurrò all'amico:

- Questo sì che è un posto stupendo

per incontrarci! –

Scrivi una Favola VI edizione – Ass.ne Genitori del sud e-mail genitoridelsud@gmail.com cell. 3385300468

In quella prateria c'erano altri dinosauri, fecero altre amicizie incontravano ogni mattina e giocavano tutto il giorno. La loro amicizia era sempre più forte che giocavano sempre, anche quando c'erano le bufere di neve.

Un giorno il branco di Diplodochi di Codino li vide giocare: c'era anche la madre di Codino che rimase sbalordita e gli chiese come mai stesse giocando con un carnivoro. Codino rispose che non gli importava che Mandibola fosse carnivoro, ci avrebbe giocato comunque, qualunque cosa fosse successa.

Dopo qualche minuto di discussione si sentì un ruggito da far paura e subito sbucò furi dagli enormi alberi il padre di Mandibola, che urlando disse al figlio:

-Lo sai che per te non è possibile quest' amicizia?- e se lo portò via.

I due amici non si videro per un lungo periodo. Un giorno però mentre Mandibola si annoiava nella prateria, sentì gridare: - Aiuto! –

Corse subito e si accorse che ad urlare era proprio Codino, che era inseguito da un dinosauro predatore che voleva mangiarlo. Mandibola, anche se era più piccolo del dinosauro, corse in soccorso dell'amico e mostrando la sua grande mandibola dai denti aguzzi riuscì a mettere in fuga il nemico. Il padre di Mandibola, che era nelle vicinanze, vide tutta la scena e capì. Mandibola allora disse:

- Papà, vedi, l'amicizia è importante. Non ci devono essere differenze tra carnivori ed erbivori, perché come tra gli umani non devono esistere distanza di razza, religione e ceto sociale, così anche tra tutti gli animali del mondo. Anzi, sai, la diversità deve essere un arricchimento, uno scambio di idee, un aiuto reciproco, insomma un crescere insieme con rispetto, con entusiasmo e divertimento. Insieme abbiamo imparato e compreso tante cose nuove che ci accompagneranno nelle nostre rispettive vite.-

Questi due piccoli dinosauri diedero una grande lezione di vita ai loro genitori che da quel momento capirono anche loro il valore dell'amicizia.

Così Mandibola e Codino poterono stare finalmente insieme con la libertà e vivere serenamente la loro amicizia. Alla fine anche i genitori divennero amici e capirono che gli amici sono un vero e prezioso TESORO!

Classe V Sez.Unica

Scuola Primaria

Convitto Nazionale "A. Nifo"

Sessa Aurunca (CE)

Il gattino goloso

C'era una volta, un piccolo gatto che amava molto mangiare le sardine, ma era raro che le trovasse.
Un giorno, un mercante viaggiatore, che vendeva pesce, arrivò nel villaggio con un' intera cassa piena di sardine!
Tormentato dalla fame, e con l'acquolina in bocca, il gatto cominciò a osservare il venditore. Appena l' uomo si girò dall' altra parte, il gatto saltò sul banchetto e rubò una bella sardina.
Furioso, il mercante si mise ad inseguirlo, ma il gatto corse via veloce. Arrivò fino ad un ruscello, il gatto si mise a guardare le acque che scorrevano pigramente. All'improvviso qualcosa lo rese molto invidioso, vide un gatto come lui che teneva in bocca una sardina più grande della sua.
Com' era possibile? Era una cosa inaccettabile!
Senza esitare neanche un secondo, il gatto saltò in acqua per afferrare quella sardina che sembrava così succulenta.

Si rese conto troppo tardi che non c'erano né gatti né sardine...
Era solo la sua immagine riflessa e ingrandita!
Dovette usare tutte le sue forze per uscire dall'

Scrivi una Favola VI edizione – Ass.ne Genitori del sud e-mail genitoridelsud@gmail.com cell. 3385300468

acqua e mettersi in salvo.

Nel frattempo, la sardina era scomparsa nelle profondità del torrente.

Il nostro amico gatto si ricordò per sempre di questa dura lezione: invece di essere soddisfatto della sardina che aveva ottenuto, si era lasciato prendere dall'ingordigia

Mariarca Ferrara

9 anni

La volpe Lulù

C'era una volta una volpe di nome Lulù. Una sera, mentre passeggiava affamata nel bosco in cerca di cibo si trovò di fronte ad un pozzo, vide qualcosa di luminoso sul fondo e pensò che fosse qualcosa di gustoso da mangiare. Frettolosamente si calò nel pozzo con l'aiuto di uno dei due secchi che erano appesi come una bilancia. Subito si trovò in fondo al pozzo. Capì presto di aver sbagliato, perché rimase sul fondo poteva risalire soltanto se un altro animale fosse entrato nell'altro secchio riportando in su il suo.

La volpe rimase impaurita nel pozzo per due giorni, aspettando che qualcuno la tirasse fuori. Il terzo giorno passò di lì un lupo affamato. La volpe cercò di convincerlo a scendere giù nel pozzo, dicendogli che c'erano tante cose buone da mangiare e le voleva condividere con lui. Il lupo che era uno sciocco, si fece convincere facilmente.

Scrivi una Favola VI edizione – Ass.ne Genitori del sud e-mail
genitoridelsud@gmail.com cell. 3385300468

Entrò nel secchio, e così in un attimo il suo peso riportò su la volpe che furbamente era entrata nell'altro secchio. Fiera e felice scappò via in un battibaleno, lasciando il lupo nel pozzo. La volpe dopo un po' incontrò un cacciatore forte e robusto armato di fucile. La volpe per la paura di essere uccisa, scappò e si rifugiò in una casetta abbandonata. Sentendo il passo del cacciatore, prese una coperta e anche se faceva caldo se la mise addosso, coprendosi bene per non farsi beccare. Il cacciatore da fuori sentì il rumore, prese il fucile e iniziò a sparare, colpendola. Finì così l'avventura della povera e sfortunata Lulù. A volte non si può sfuggire al proprio destino, a proposito il Lupo fu liberato è visse fino a cento anni...

Capolongo Michele 5°A

Buglione Michele 5°A

Scrivi una Favola VI edizione – Ass.ne Genitori del sud e-mail genitoridelsud@gmail.com cell. 3385300468

L' Amuchina Man

Un giorno in un piccolo paese di nome Tuchy successe una cosa terribile, scoppiò un'epidemia . Questa epidemia si chiamava Coronavirus. Questo Coronavirus prendeva le persone e le faceva stare male o le uccideva. Un ragazzo spaventato di quello che stava succedendo scappò dal paese.

Per strada incontrò un mago che gli chiese perché scappava.

Il ragazzo gli raccontò tutto quello che stava succedendo, gli parlò del coronavirus che infettava le persone. Il mago volle andare a vedere e così andarono insieme. Videro un mostro gigante che lanciava dei raggi contro le cose e le persone per infettarle. Quindi il mago decise di portare il ragazzo nella sua casa. Il ragazzo non capiva cos'era successo, il mago gli disse che non doveva toccare niente perché era pericoloso. Dopo andarono in una stanza e in quella stanza c'era una pozza d'acqua magica e, buttandosi dentro, ti dava dei poteri ma il mago disse al ragazzo che prima di prendere i poteri doveva affrontare delle prove.

Scrivi una Favola VI edizione – Ass.ne Genitori del sud e-mail genitoridelsud@gmail.com cell. 3385300468

Queste prove erano molto pericolose e solo i più coraggiosi le potevano superare. Il ragazzo volle provare ed era pronto a tutto pur di salvare il mondo, quindi partì. Camminò tanto, scalò montagne attraversò cascate, nuotò fino a sfinimento, superò tutte le prove, mancava l'ultima la più difficile.

AMUCHINA MAN

"VI UNA FAVOLA"
VOCARIO CIRO MARIA
ASSE VA I. C. VISCIANO - CAMPOSANO

L'ultima prova consisteva nello sconfiggere dei piccoli mostriciattoli. Il mago però gli diede una spada e uno scudo per combatterli. Appena iniziò ne uccise alcuni ma poi la situazione iniziò a degenerare, la spada era danneggiata e lo scudo era mezzo rotto , il ragazzo non sapeva cosa fare, era preoccupato. Però gli venne un'idea: prese la spada e iniziò a combatterli con quel che rimaneva della spada e stava riuscendo a sconfiggerli, però la spada era andata e al ragazzo gli rimanevano solo le mani e i piedi. Era diventato fortissimo grazie alle altre prove che aveva superato, così prese coraggio e cominciò a prenderli a pugni e schiaffi fino a che non li sconfisse tutti. Quando tutti i mostriciattoli erano ormai spariti il ragazzo poté prendere i poteri, arrivò dove stava la pozza il mago gli fece i complimenti e gli diede il permesso di buttarsi in acqua.

Il ragazzo si buttò, sentì qualcosa entrare dentro di lui come un'anima che gli trapassava il corpo. Appena uscì si sentiva più potente e sapeva che poteva distruggere il Coronavirus.

Il mago gli diede una tuta bianca e rossa, lui la indosso ed a quel punto il mago gli spiegò cosa aveva quella tuta di speciale. Il ragazzo si diede un nome da supereroe "Amuchina Man". Quando il mago e il ragazzo uscirono dalla casa andarono dal Coronavirus. Appena arrivarono videro tutto infetto. Il ragazzo andò e iniziò a combatterlo stava quasi per sconfiggerlo ma il mostro prese il ragazzo e lo strinse al collo.

In quell'istante qualcosa stava fermando Coronavirus, era il mago che stava facendo scomparire. Grazie al mago il ragazzo ed il mondo erano salvi.

Tavolario Ciro Maria

5°A

I.C. Virgilio Visciano/Camposano

Scrivi una Favola VI edizione – Ass.ne Genitori del sud e-mail genitoridelsud@gmail.com cell. 3385300468

Alex e Akane: L'avventura

Alex era un ragazzo poco socievole fin da piccolo.

Aveva i capelli neri, gli occhi azzurri ed era un po' bruttino. Spesso veniva preso di mira dai suoi compagni.

- Mi dispiace vederlo così …- Pensò tra se e se sua mamma … - Ci sono! Ho un'idea!

Il giorno dopo…

- Alex! Raggiungimi giù ! Andiamo in un bel posto

- Si- Rispose Alex

- Cosa combinavi? – Domandò la mamma

- Riposavo-

- Su vieni! – Gli disse la mamma

Si diressero verso un negozio di animali

Dopo un po' che erano li giunse una signora con pantaloni strappati maglia sgualcita ed in testa un cappello da uomo.

Chiese loro: - Cosa posso fare per voi? -

La mamma senza batter ciglio affermò: - Voglio adottare un animale, preferibilmente un lupo. –

- Aspetti- ribatte la Signora – glielo porto subito-

- Eccolo qui! – indicando uno strano essere metà animale e metà umano- questo è un lupo particolare, riesce a parlare e a pensare, sarà una bellissima compagna di giochi per vostro figlio.

- Come vorresti chiamarla? – Chiese la mamma ad Alex

- Uh…fammi pensare …Akane , ti piace?

La mamma accennò di si .

Quando arrivarono a casa Alex testò tutto ciò che le aveva detto la signora e rimase di stucco.

Akane davanti ai suoi occhi si trasformò in

un' umana …Uniche tracce di lupo erano le orecchie e la coda .

Il giorno dopo…

Alex doveva andare a scuola e AKane lo supplicò di portarla conse.

- Dai Padrone, ti prego! Per favore ! –

-Va bene ma a tre condizioni, non chiamarmi "Padrone" ….copriti coda e orecchie e non mostrare il tuo istinto da lupo.

- Ok – Affermò Akane

Arrivati a scuola…

- Ha , Ha, Ha ! E' arrivato il puzzone- Disse un bullo

Alex lo ignorò

- I puzzoni siete voi! – Disse Akane

- Si si ! Togliti di torno – Dissero

Si volsero verso Alex e gli diedero un pugno.

- Non posso lasciarglielo fare! – Pensò Akane

Così Akane mostrò gli artigli e li graffiò.

I bulli se ne andarono impauriti

- Akane ti avevo detto di non mostrare il tuo istinto da lupo – Disse Alex

- Scusa ... era per una buona causa.

Il giorno dopo...era notte fonda... e Akane si svegliò ed era legata a una sedia, tutt'intorno c'erano ampolle.

Ad AKane questo luogo era sconosciuto. Tutte le vie d'uscita erano bloccate eccetto la finestra. Akane grazie al suo istinto riconobbe che coloro che l'avevano legata erano i bulli, così le spuntarono delle ali e volò via. Quando ritornò a casa vide un biglietto con su scritto - VAI A DORMIRE NELLA TUA STANZA . -

Akane così fece.

Chiuse gli occhi e ad un tratto vide un bus , sul quale c'erano lei ALEX con altri compagni . Sul bus due uomini vestiti di nero avevano lanciato una bomba facendolo esplodere.

Akane pensò che quello era un sogno premonitore e quindi avvertì … Alex le disse di calmarsi e che sicuramente non sarebbe accaduto nulla.

- Meglio che mi legga un libro per schiarirmi le idee – Pensò Akane

Prese un libro e se lo mise a leggere.

Nella lettura una frase attirò la sua attenzione : "Tutti i lupi Umani , come lei , avevano poteri speciali potevano volare, curare le persone con una sola loro lacrima e fare sogni premonitori"

Il giorno della gita arrivò, fu un incubo .

Alex si ferì ad una gamba Akane ricordò della sua lettura e con una lacrima guarì il suo amico Alex .

Quel gesto colpì moltissimo Alex che comprese il valore dell'amicizia.

Scrivi una Favola VI edizione – Ass.ne Genitori del sud e-mail genitoridelsud@gmail.com cell. 3385300468

Celeste Vitale 5° A

I.C. Virgilio Visciano/Camposano

Scrivi una Favola VI edizione – Ass.ne Genitori del sud e-mail
genitoridelsud@gmail.com cell. 3385300468

La fata Blu

C'era una volta , in un bosco incantato una fata BLU. Era bellissima, il suo corpo era piccolo. Era alta quanto una matita…aveva occhi azzurri come il mare e capelli neri come la notte, lunghi e lisci al tatto sembrava seta.

Indossava un vestito colore del mare il quale aveva dei riflessi argentei. A completare la sua figura c'erano un paio d'ali con dei ghirigori che ricordavano il flusso dell'acqua.

La fata BLU aveva il potere di controllare l'acqua inoltre possedeva anche il potere della gentilezza.

In quella foresta non viveva nessuna altra fata come lei.

La fata Blu si sentiva molto sola, così un giorno decise di lasciare la sua casa per vedere il mondo esterno.

Un giorno quando si trovò vicino ad un edificio venne catturata da un uomo che la rinchiuse in una lampada vecchia .

L'uomo pose la lampada vicino ad una fontana e lei utilizzò il suo potere di gestire l'acqua riuscendosi a liberare.

Uscita dalla lampada cercò di scappare da quell'edificio… ma mentre cercava di scappare trovò tante piccole fate rinchiuse; tutte le chiesero aiuto.

Ma proprio in quel momento entrò l'uomo, la fata Blu, per non farsi scoprire, si nascose. In quell'istante la fata Blu cercò di capire come salvare anche le altre piccole fatine.

L'uomo sembrò molto nervoso ed urlava furiosamente alle piccole fate che con la loro vendita avrebbe fatto molti soldi.

Le fate tremavano dalla paura…e questo divertiva l'uomo. Dopo una grossa risata malefica si sentì un tonfo, era la porta che si chiudeva dietro all'uomo.

Ora finalmente, le fate erano rimaste sole e la fata Blu poteva liberarle. Ma si doveva escogitare un piano.

Le fate conoscevano bene le abitudini dell'uomo malvagio, sapevano che ogni sera verso le nove veniva a controllare. La fata Blu allora disse loro di creare delle sagome di cartone per ingannare l'uomo e fargli credere che c'era qualcun altro dentro la stanza, in tal modo sarebbe andato in confusione; dovevano anche ricreare con i loro poteri dei rumori forti.

Così fecero, l'uomo si spaventò e scappò.

Le fate erano libere....

La fata Blu le invitò tutte ad andare a vivere nel suo bosco .

Le sue nuove amiche furono molto felici di questa proposta, accettarono senza nessuna remore.

Dopo tanti anni in quel Bosco incantato si era creato un rifugio per tutte le fate e i folletti , fata Blu era diventata la regina di quel mondo e tutti vivevano gentilmente e FELICI

Napolitano Chiara

I.C. Visciano Camposano 5° A

Scrivi una Favola VI edizione – Ass.ne Genitori del sud e-mail
genitoridelsud@gmail.com cell. 3385300468

La strega buona

C'era una volta in un bosco molto fitto … popolato da animali selvatici, una piccola casetta dove viveva una strega di nome Margherita.

Margherita era buona, molto magra, aveva un naso lungo, orecchie a punta, un grosso neo sul lato destro della bocca, piccoli occhi tondi e marroni, capelli lunghi castano chiaro , tutti arruffati, un vecchio cappello a forma di cono , un vestito lungo e nero con scarpe dalla punta lunga e tra le mani stringeva sempre una bacchetta magica.

Margherita era buona ma molto triste , perché non aveva amici, tutte le persone che andavano a visitare il bosco scappavano spaventate perché pensavano fosse cattiva.

Un giorno decise di uscire dal bosco per cercare amici.

Mentre camminava per le strade della città notò che erano piene di buche ed ebbe un'idea.

Scrivi una Favola VI edizione – Ass.ne Genitori del sud e-mail genitoridelsud@gmail.com cell. 3385300468

Voleva riparare tutte le buche così gli abitanti non avrebbero più avuto problemi l'avrebbero ringraziata e sarebbero diventati suoi amici.

In poco tempo grazie alla bacchetta magica riuscì nel suo intento ma solo poche persone diventarono sue amiche, perché a molti ciò che lei aveva fatto non interessava …

Margherita cominciò a viaggiare per il mondo la sua missione era di sistemare le cose non solo riparando le buche ma anche i problemi più gravi come per esempio la fame nel mondo, pensando così di riuscire ad avere altri amici.

Comunque gli amici erano sempre pochi perché non tutti si accorgevano delle cose buone che faceva…ma lei continuava a farle non sapendo che in realtà …in rete c'era un Hater che scriveva cose molto cattive sul suo conto.

L'hater affermava che lo scopo della bontà della strega era quello di avvicinare le persone per divorarle …mentre la Strega si rendeva conto di questa amara realtà , in lontananza un bimbo urlava: " Scappiamo prima che ci divori!!!" .

Scrivi una Favola VI edizione – Ass.ne Genitori del sud e-mail genitoridelsud@gmail.com cell. 3385300468

In quel momento tutto le diventò chiaro ed iniziò a piangere disperatamente.

Poi si ricordò che aveva una bacchetta magica, l'agitò e comparve uno schermo dal quale vide il bambino che scriveva i commenti negativi. Margherita decise di affrontarlo per spiegargli che lei era una strega buona e che le uniche cose che mangiava erano i fiori .

Ma quando arrivò a casa del bambino lui non volle sentir ragioni e la offende ... solo nel momento in cui la vide piangere disperata si rese conto di essere stato cattivo, quindi le promisi di eliminare tutti i commenti negativi e postò una foto insieme a lei con un cuoricino in segno della loro nuova amicizia.

Da quel giorno tutti seppero la verità, nessuno si spaventava più di Margherita la quale ebbe molti amici ed ogni giorno organizzava una festa.

Napolitano Ivan

I.C. Visciano Camposano 5° A

Scrivi una Favola VI edizione – Ass.ne Genitori del sud e-mail
genitoridelsud@gmail.com cell. 3385300468

La fine di covid-19

Tanto tempo fa in un regno molto lontano su un monte ricco di boschi si svolse una battaglia tra un alieno che si chiamava Covid-19 e uno scienziato che con l'aiuto dei suoi amici, dopo una dura lotta, riuscì a sconfiggerlo con un'arma che si chiamava "the antidode" che poi spezzò perché era troppo potente e pericolosa, solo lui sapeva come ricostruirla e così ritornò la pace nel mondo. Passò molto tempo e ogni eroe era sparso in una parte diversa del mondo (The Mistery Word). Un giorno ognuno di loro vide al notiziario che il loro vecchio nemico era ricomparso e che aveva iniziato ad attaccare la città di Wuhanite allora, lo scienziato disse che non poteva rimanere a guardare e doveva fare qualcosa, così si mise in viaggio e intanto Covid-19 distruggeva sempre più città.

Quando ritrovò due dei suoi amici, poi scoprì che gli altri erano andati proprio in vacanza a Wuhanite, allora decise di andare a salvarli. Durante il viaggio gli eroi incontrarono una persona di nome "Italyius" che voleva unirsi a loro per combattere Covid-19 gli eroi, all'inizio erano sbalorditi da questa sua richiesta, ma poi si misero d'accordo e l'accettarono, gli spiegarono cosa stesse succedendo ai loro amici e insieme si rimisero in viaggio.

Arrivati nel paese di Chinatius si rifugiarono in un magazzino abbandonato per organizzare un piano; Qui scoprirono che Covid-19 non uccideva i bambini, purtroppo però, i loro amici non erano riusciti a sopravvivere. Ci furono pianti, ma da veri eroi si asciugarono le lacrime e si misero a lavoro, lo scienziato iniziò a costruire l'arma mentre i suoi amici si stavano allenando. Finito di costruire l'arma lo scienziato la diede a Italyius che la prese con grande onore e andarono dall'alieno per la grande battaglia. Mentre i due amici distraevano l'alieno, Italyius andò con la spada e gliela ficcò nel cuore, con gli occhi pieni di vendetta. Infine la banda di eroi salvò di nuovo il mondo e vissero tutti felici e contenti.

Felice Cerqua

5°A I.C. Virgilio Visciano/Camposano

Il cane, il gallo, la volpe e l'aquila

C'era una volta un cane, un gallo, un'aquila.

Il cane e il gallo erano soliti fare un tratto di sentiero insieme per procurarsi da mangiare, durante le passeggiate diventarono amici e così decisero di abitare insieme.

Erano felici della loro amicizia, il cane proteggeva il gallo ingenuo e stolto, dalla volpe che essendo furba, poteva trarlo in inganno. Il gallo per ringraziarlo della sua protezione ogni mattina all'alba lo svegliava con il suo dolce canto annunciandogli l'arrivo del nuovo giorno .

Una mattina il cane uscì in cerca di cibo, il gallo restò in casa e fu in quel momento che l'astuta volpe tentò di ingannarlo. La volpe sapeva che il cane che proteggeva il gallo non era in casa e già pregustava il suo piacevole pranzo con l'acquolina in bocca.

Scrivi una Favola VI edizione – Ass.ne Genitori del sud e-mail genitoridelsud@gmail.com cell. 3385300468

La volpe chiamò il gallo e lo lusingò dicendogli: "Scendi, affinché io possa salutare l'animale che risveglia tutti i compagni del vicinato e l'animale dotato di così bella voce."

Il gallo ricordò le parole dell'amico : " Non credere alle parole di quell'animale meschino è solo un tranello per strapparti la pelle e divorarti."

Mentre il gallo ricordava le parole dell'amico , la volpe era ferma ad aspettare, certa che l'ingenuo gallo sarebbe sceso , mentre pensava la volpe senti lo svolazzare delle ali dell'aquila , spaventata corse via.

Tuttavia la volpe non temette di diventare preda dell'aquila e tentò nuovamente di aggirare il gallo.

Era l'ora pomeridiana quando il cane decise di schiacciare il pisolino, fu in quel momento che la volpe all'improvviso giunse davanti al gallo e il cane avvertendo l'arrivo di qualcuno si svegliò e mentre la volpe tentava di sbranare il gallo, il cane lo fermò e gli disse: "Astuta volpe, credevi che mentre io dormivo avresti potuto sbranare il gallo? Ti sbagliavi, meriteresti una punizione, ma non voglio, anzi ti dirò, sarò così buono da condividere con te un bottino abbondante, visto e considerato che sei stato sfortunato nel non trovare qualcosa da mettere in pancia".

La volpe così poté mangiare il bottino assieme al cane al gallo e si aggiunse anche l'aquila.

Così almeno per il momento non c'erano né predatori ne prede, solo un bottino abbondante per tutti.

Cirella Vincenzo e Siciliano Gennaro

5° A a.s. 2019-2020

I.C. Virgilio Visciano/Camposano

Scrivi una Favola VI edizione – Ass.ne Genitori del sud e-mail genitoridelsud@gmail.com cell. 3385300468

Amici per sempre

Max è il padrone di Mix, il gatto. Gli era stato regalato da piccolo , quando anche Mix era un gattino di poche settimane. I due abitavano in un grande casa fiancheggiata da splendidi alberi che d'estate fiorivano e questa era la grande gioia di Mix e la grande preoccupazione di Max.

Infatti un giorno, Mix si era arrampicato su uno dei rami e non riusciva più a scendere, Max lo raggiunse per aiutarlo ma, soffrendo di vertigini, non sapeva neanche lui scendere. Alla fine i genitori dovettero chiamare i pompieri per portarli giu.

Che birbanti! Erano davvero inseparabili!!!!

Il tempo passava e Mix diventò un bel gattone dal manto bianco e nero, anche Max diventò grande e a diciott'anni decise di andare a vivere da solo portando Mix con sé.

L'appartamento era all'ultimo piano di un bel palazzo di quattro piani.

 Quindi Mix non aveva più un giardino per giocare, ma gli piaceva stare sul davanzale della finestra ad ammirare il mondo dall'alto, vedere volare alto gli uccelli e vedere tramontare il sole.

Passò il tempo, Max era sempre fuori per lavoro e Mix sempre solo. Per di più Max notava degli strani movimenti da parte di Mix , sbatteva dappertutto .

Lo portò dal veterinario e la diagnosi fu chiara : " Mix era cieco" . Il povero gatto si adattò presto alla sua condizione e sviluppò molto bene l'udito. Un giorno mentre era disteso sotto al termosifone, dove gli piaceva stare, allungando le zampette sentii sotto un cuscino morbido .

Chiese chi fosse e una vocina piccolina rispose che era un topo, uno dei topi più fifoni del mondo e che se lui non sarebbe stato cattivo a mangiarlo gli avrebbe fatto compagnia.

Mix era buono e lo lasciò andare, iniziarono a conversare e da lì a poco diventarono amici. Il topo divenne gli occhi del gatto e stava lì a descrivergli e raccontargli cosa accadeva ; Del vento che soffiava, della neve che cadeva, del sole che tramontava.

Ben presto si divertirono a saltare fra i tetti, guidati dagli occhi del topo stretto sulla schiena e dall'istinto del felino.

Scrivi una Favola VI edizione – Ass.ne Genitori del sud e-mail genitoridelsud@gmail.com cell. 3385300468

Mix era di nuovo felice e viveva con meno pesantezza la sua condizione e il topo riacquistò fiducia in se stesso al fianco Mix.

I due vissero diversi anni insieme, perché sapevano che i veri amici potevano far uscire ogni lato della propria   personalità senza timore di non piace all'altro.

Scala Luigi

5° A a.s. 2019-2020

I.C. Virgilio Visciano/Camposano

Scrivi una Favola VI edizione – Ass.ne Genitori del sud e-mail
genitoridelsud@gmail.com cell. 3385300468

Manuel e Bart

C'era una volta un bambino di nome Manuel che aveva un cagnolino di nome Bart, che era il suo migliore amico.

Manuel e Bart passavano molto tempo insieme e quando Manuel andava a scuola Bart lo aspettava alla fermata dell'autobus.

Manuel aveva trovato Bart in strada , abbandonato e ferito , subito si innamorò di lui e lo portò a casa , anche se sapeva che i suoi genitori non erano d'accordo.

Ma, appena lo videro se ne innamorarono.

Bart e Manuel divennero inseparabili e anche quando Manuel andava alle partite di calcio Bart era con lui.

Un giorno, quando Manuel tornò da scuola non trovò il suo amico alla fermata dell'autobus, corse a casa ma non era nemmeno lì.

Lo cercarono per molto tempo, misero dei volantini, chiesero a tutti i conoscenti e perfino alla polizia ma senza successo.

Un giorno i genitori di Manuel vedendolo sempre triste , decisero di fargli una sorpresa, andarono al canile per prendere un altro cane.

Ma la sorpresa fu per loro trovare un cagnolino identico a Bart che scodinzolava e faceva di tutto per farsi notare, così lo riportarono a casa. Quando Manuel tornò da scuola trovò un nuovo amico ad aspettarlo, decise di chiamarlo Ted, ma anche se lo curava molto non riusciva a volergli bene come a Bart. Ted faceva tutte le cose che faceva Bart...dormiva dove dormiva Bart , giocava come Bart e amava l'osso di Bart.

Una notte, mentre Manuel dormiva, Ted saltò sul letto e iniziò a leccargli il viso...come faceva Bart.

Manuel si svegliò, lo prese e finalmente capì che Ted era Bart…era passato tanto tempo dal giorno in cui non lo aveva più ritrovato … era cambiato … era cresciuto.

Manuel non lo aveva riconosciuto …ma Bart , fin da subito aveva riconosciuto il suo amato padroncino.

Da quel giorno i due amici non si sono mai più separati.

Amerigo Francesco Giuliano

5° A a.s. 2019-2020

I.C. Virgilio Visciano/Camposano

Scrivi una Favola VI edizione – Ass.ne Genitori del sud e-mail genitoridelsud@gmail.com cell. 3385300468

La principessa magica

C'era una volta in un paese molto lontano una principessa di nome Beatrice che viveva in un regno chiamato Madesh.

Beatrice era una ragazza bellissima: aveva gli occhi celesti, le labbra carnose e grandi, i capelli biondi e una pelle liscissima come il velluto .

Beatrice era orfana.

Era una ragazza molto socievole, gentile, sempre disponibile ad aiutare gli altri.

Un giorno mentre Beatrice stava raccogliendo dei fiori nel suo giardino, un ragazzo di nome Gabriele si avvicinò per aiutarla si guardarono negli occhi e si innamorarono all'istante fu un vero e proprio colpo di fulmine.

I due iniziarono a frequentarsi e dopo dieci anni si sposarono.

Scrivi una Favola VI edizione – Ass.ne Genitori del sud e-mail genitoridelsud@gmail.com cell. 3385300468

Vissero nel castello di Beatrice e tutto il popolo che lavorava per loro decise di fermarsi perché Beatrice era incinta di quattro gemelli.

Il popolo era molto contento. Quando nacquero i bambini, tutto il popolo andò al castello per conoscerli e portare dei doni.

Rimasero meravigliati quando videro i bambini… tutti e quattro avevano gli occhi celesti come la loro madre .

Dopo vent'anni ci fu una guerra tra i vari regni di quel paese e i figli di Beatrice e Gabriele dovettero prepararsi a combattere.

Uno dei figli…Manuel , visto che era molto esile e non aveva molta forza , fu ucciso.

Beatrice appena venne a sapere quello che era successo si infuriò e per vendicarsi mandò un esercito ad uccidere quell'uomo .

La guerra la vinsero loro e per l'entusiasmo prepararono una festa con dei banchetti lunghissimi tipici e tanto pane appena sfornato.

Passati 5 anni Gabriele e Beatrice , essendo anziani, si ammalarono di una malattia molto grave.

Gabriele e Beatrice morirono e quando ci fu il funerale i figli Achille , Luca e Giacomo piansero molto insieme al popolo. Sulla loro tomba i figli misero tanti fiori di ogni genere: ghirlande , rose e tanti altri fiori.

Al regno adesso dovevano comandare solo i tre figli. Un pomeriggio mentre Giacomo, Luca e Achille stavano discutendo del più e del meno spuntò un drago di colore rosso che sputava fuoco.

Il drago proveniva da un regno chiamato " Il Regno del Fuoco" e Giacomo, Luca e Achille si incamminarono verso il regno dove trovarono una regina con un vestito rosso lunghissimo la quale disse ai ragazzi che dovevano morire tutti. I tre, molto impauriti, scapparono via.

Giacomo essendo molto coraggioso andò a bussare al regno del fuoco e venne rinchiuso nella gabbia e Achille e Luca rimasero da soli.

Il popolo per far uscire Giacomo dalla gabbia dovette combattere una dura lotta dove ne uscirono vittoriosi liberando i prigionieri.

Dalla gioia il popolo di Nadesh festeggiarono tutto il giorno con balli tradizionali e musica jazz. I tre principi di notte sognarono di vedere il fratello, la madre e il padre e furono molto felici.

Dopo queste varie cose accadute , Giacomo, Luca, e Achille vissero felici e contenti insieme a tutto il popolo.

Domenico Graziano 5° A

I.C. Virgilio Visciano/Camposano

La bandiera del bosco faccioso

C'erano una volta quattro ragazzi che passeggiavano in un bosco.

Questo bosco era il preferito di tutti perché i suoi alberi nella loro fantasia avevano delle facce, tutte diverse.

Iniziarono la passeggiata alle 5,00, solitamente arrivavano fino alla bandiera del bosco faccioso e poi tornavano indietro arrivando più o meno entro le 9,30, . Quel giorno però, arrivarono alla bandiera dopo solo mezz'ora dalla partenza e quindi avendo ancora tempo, decisero di proseguire per il sentiero. Ad un certo punto trovarono una striscia di mattoncini color smeraldo trasparente, che adornavano l'ingresso di un palazzo con dei poteri straordinari. Julien disse: "Wow, entriamo è bellissimo!!!" Mentre Julian stava per entrare intervenne Naila e disse: "Julien no!, non vedi che le persone in quel palazzo sono immobili?". Intervenne subito anche Layla e disse : "No! noi vogliamo entrare! Sarebbe una figata pazzesca".

Alla fine disse Disky il più grande: "No, noi non possiamo entrare, perché le persone lì sono immobili e se non mi credete, guardate, ho buttato un ramoscello lì dentro, vedete è bagnato, non si vuole togliere e sta affondando piano piano". Julien capendo , rispose che era vero perché le avevano raccontato … "c'è un palazzo a presa rapida dove le persone vengono attratte dalle cose fatte con la colla, entrano, e piano piano non si muovono più" . A quelle parole tutti volevano scappare via, ma qualcosa glielo impediva. Naila riuscì con un ramoscello a fare spazio riuscendo a far passare tutti.

Scrivi una Favola VI edizione – Ass.ne Genitori del sud e-mail
genitoridelsud@gmail.com cell. 3385300468

Così tutti insieme raccolsero altri ramoscelli liberando tutte le persone immobili. Finalmente poterono tornare ognuno a casa propria dove le mamme stavano dormendo ignare di quello che era accaduto. Sicuramente questa avventura rimarrà uno dei loro ricordi più straordinari .

Claudia Cardone: VB,

Giovanni Paolo II, (Torre del Greco)

Scrivi una Favola VI edizione – Ass.ne Genitori del sud e-mail
genitoridelsud@gmail.com cell. 3385300468

La fiaba del gatto e del topo

C'era una volta un gatto che viveva in una casa. Un giorno uscì per bullizzare un topo. Il topo piangendo tornò a casa disperato, il gatto cercò di rincorrerlo ma il topo scappò. Qualche giorno dopo il topo riunì tutti i suoi amici per affrontare il gatto bullo. Il gatto alla vista di tutti quei topi scappò con la coda tra le gambe. Questo dimostra che il sostegno degli amici può sconfiggere il bullismo.

Mario, Lorenzo, Rosa, Martina, Aurora; IV A,

I.C. "Alpi-Levi", Plesso: Giordano Bruno (Napoli)

La storia di Lilly e Neve

C'era una volta una piccola città chiamata Animalandia popolata da diversi animali tra cui un cane di nome Lilly e un piccolo gatto di nome Neve. I due insieme ad altri amici frequentavano lo stesso parco giochi. Il cane solitamente era il bullo del parco e dava fastidio a tutti gli animali più piccoli: l'uccellino Romeo, la lucertola Eatima, il topo Mickey e Sammy la formica, ma il suo rivale da sempre era Neve, il quale veniva preso in giro e picchiato. Il gatto si era stancato del suo atteggiamento arrogante. Chiamò quindi i suoi amici e insieme decisero di affrontare Lilly ma senza alzare le zampe! Il giorno dopo gli amici si recarono come sempre al parco, accerchiarono Lilly, ma invece di fare i prepotenti gli parlarono amichevolmente.

Scrivi una Favola VI edizione – Ass.ne Genitori del sud e-mail
genitoridelsud@gmail.com cell. 3385300468

Quel giorno Lilly capì che fare il bullo non era una bella cosa perché: "Ciò che non vuoi sia fatto a te non puoi farlo agli altri." Il cane Lilly cambiò finalmente atteggiamento non usò più la forza contro gli altri e cercò di aiutare i più piccoli. In questo modo nella città di Animalandia diventarono tutti amici e vissero felici e contenti.

Colurcio Giada, Serena Iabbricino, Alfarano Pasquale, Esposito Annachiara, IVA

I.C. Alpi-Levi, Plesso: Giordano Bruno (Napoli).

"L'uomo nero"... gentile

C'era una volta, in un paesino di montagna, conosciuto in tutta la regione per i suoi abitanti sempre gentili e sorridenti, un uomo che veniva allontanato ed evitato da tutti i suoi compaesani. Quest'uomo veniva chiamato dai bambini del paese "L'uomo nero". Il suo aspetto metteva loro paura e anche quando lui passava li terrorizzava. Era un uomo vecchio, molto alto, robusto, pesante, con il viso segnato dall'età e di natura taciturna, tanto da sembrare scontroso, per cui tutti impararono a lasciarlo stare. Egli abitava in una casa fuori dal paese, vecchia e oscura con un grande giardino pieno di erbacce e di rovi di spine. Un giorno capitò che due bambini del paese, incuriositi da tutto ciò che si diceva su quest'uomo si recarono a casa sua. Entrarono nel giardino della casa e nonostante fosse mal curato e pieno di erbacce iniziarono a giocare a pallone. Presi dal gioco non si accorsero che si era fatta sera. Tutto ad un tratto videro la casa, illuminata dalla luna, ebbero paura ed iniziarono a piangere.

Scrivi una Favola VI edizione – Ass.ne Genitori del sud e-mail genitoridelsud@gmail.com cell. 3385300468

Terrorizzati e presi dal panico non riuscirono più a muoversi. All'improvviso sentirono dei passi sulla ghiaia alle loro spalle ed una voce che echeggiò nel silenzio: " Cosa ci fate nel mio giardino?" .

Si girarono e videro la figura di un uomo, illuminata anch'essa dalla luna, che metteva ancora più paura della casa. I due bambini iniziarono a correre in lungo e in largo per il giardino mentre l'uomo li rincorreva e gridava loro: "Aspettate...Aspettate... Voglio solo aiutarvi!". Dopo un po' di tempo, stanchi ed affannati per la corsa si fermarono e furono raggiunti dall' uomo che inizio a rassicurarli con parole gentili e piene di calore. Così si calmarono e smisero di piangere. Quindi pensarono che non fosse vero quel che si diceva di lui, ma che invece fosse un brav'uomo dagli occhi dolci. Dopo che si furono calmati del tutto, l'uomo si offrì di accompagnarli a casa in quanto la strada che portava al paese dalla sua abitazione era buia e pericolosa. L'uomo riempì le loro tasche di caramelle, li caricò sulle sue spalle e si incamminò verso il paese. Giunto in paese lasciò ciascun bambino fuori dalla propria abitazione, si accertò che entrassero ed andò via. Da quel giorno in poi nessuno lo chiamo più "Uomo nero", ma tutti i bambini e anche gli adulti, ne apprezzarono la bontà d'animo e la sua dolcezza.

Scrivi una Favola VI edizione – Ass.ne Genitori del sud e-mail genitoridelsud@gmail.com cell. 3385300468

Gli abitanti del paese così capirono che non si può giudicare una persona dal suo aspetto fisico o per il luogo in cui vive ma che il buon cuore di una persona non è visibile esteriormente e che quindi non sempre le cose sono come sembrano.

Marco Randaggio

5°A

I.C.Visciano/Camposano

Scrivi una Favola VI edizione – Ass.ne Genitori del sud e-mail genitoridelsud@gmail.com cell. 3385300468

La tartaruga e il coniglio

C'era una volta una vecchia tartaruga che viveva in una fattoria con i suoi due gemelli. La lattuga era il loro cibo preferito, ma ogni tanto i figli si recavano in un orto vicino per cercare qualche foglia di cavolo, di cui il padre era ghiotto. Un giorno, uno dei due gemelli, si era incamminato come al solito per andare a raccogliere delle foglie di cavolo. Con la solita andatura lenta delle tartarughe, si era avvicinato a un grosso cavolo, quando vide un coniglio che gli disse: "Ben arrivato! E' mezz'ora che ti osservo. Spero che tu sia più veloce a mangiare, altrimenti ti occorrerà un anno per mangiare tutto quel cavolo!" La tartaruga si sentì offesa e pensò che era meglio rispondere con l'astuzia. "Io se voglio sono molto più veloce di te!" disse la tartaruga. Il coniglio scoppiò a ridere: "Devi sapere che mio nonno era il coniglio più veloce dei suoi tempi. Ha vinto persino una moneta d'oro. E' stato lui ad allenarmi. Scommetto quella moneta d'oro che ho ereditato da lui, che ti batterò in una corsa , dimmi tu quando e dove!" disse il coniglio. La tartaruga accettò la sfida: "Troviamoci domani mattina davanti a quel campo laggiù".

Scrivi una Favola VI edizione – Ass.ne Genitori del sud e-mail genitoridelsud@gmail.com cell. 3385300468

" Ti conviene restare qui per la notte, altrimenti, non farai in tempo ad andare a casa e ritornare per la partenza!" disse il coniglio tra le risate. La tartaruga aveva ideato un piano. Tornata a casa spiegò tutto al fratello e la mattina dopo, prima dell'alba, si incamminarono verso il campo.

Aveva dato al fratello gemello le istruzioni. Partirono e il coniglio in un lampo fu dall'altra parte del campo, ma trovò il gemello che gli disse: "Sei un po' in ritardo." Il coniglio non credeva ai suoi occhi. Poi, quasi senza fiato disse con un fil di voce: "Riproviamo!" "Va bene" disse la tartaruga. Ma, giunto in fondo al campo, trovò puntuale ad aspettarlo l'altra tartaruga che rideva. E così per altre due volte e il coniglio, stremato si arrese.

– "ora voglio quella moneta d'oro che mi avevi promesso" disse la tartaruga. Con tanto di umiliazione, il coniglio si trascinò fino a casa per prendere la moneta d'oro e la consegnò alla tartaruga con le lacrime agli occhi. Quella sera in casa dei tartarughini ci fu una grande festa. Il coniglio aveva ricevuto ciò che meritava. La sua superbia non gli portò altro che delusione! Per fortuna il segreto della corsa truccata non giunse mai alle orecchie del coniglio altrimenti non avrebbe mai imparato la lezione!

Rastiello Giulia
5° I.C. Virgilio Visciano/Camposano

Scrivi una Favola VI edizione – Ass.ne Genitori del sud e-mail genitoridelsud@gmail.com cell. 3385300468

Le Sfumature

del

Bullismo

Scrivi una Favola VI edizione – Ass.ne Genitori del sud e-mail
genitoridelsud@gmail.com cell. 3385300468

Autori

I.C. Visciano – Camposano

Classe V Sez. B

Scrivi una Favola VI edizione – Ass.ne Genitori del sud e-mail
genitoridelsud@gmail.com cell. 3385300468

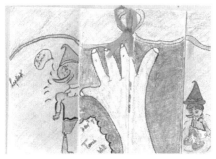 

Autore

Chiara Napolitano 5° A

I.C. Camposano / Visciano

Scrivi una Favola VI edizione – Ass.ne Genitori del sud e-mail
genitoridelsud@gmail.com cell. 3385300468

Autore
Raffaele Molfetta 4° B
Plesso I. Alpi Primaria Napoli

Scrivi una Favola VI edizione – Ass.ne Genitori del sud e-mail
genitoridelsud@gmail.com cell. 3385300468

Autore

Cacace Giuseppe 3° B

Plesso I. Alpi Primaria

Napoli

Autore

Antonio Belghiro sez.G

I.C. Giovanni XXIII Baiano

Scuola dell'Infanzia Sperone (Av)

Autore

Aurora Alaia sez. G

I.C. Giovanni XXIII Baiano

Scuola dell'Infanzia Sperone (Av)

Autore

Simone Grassi sez.L

I.C.S. Aldo Moro

Casalnuovo (Na)

Scrivi una Favola VI edizione – Ass.ne Genitori del sud e-mail
genitoridelsud@gmail.com cell. 3385300468

Autore

Francesco Santaniello 5° B

Tommaso Vitale

Nola (Na)

Autore
Pierri Lucio Brunetti 5° A
Tommaso Vitale

Scrivi una Favola VI edizione – Ass.ne Genitori del sud e-mail
genitoridelsud@gmail.com cell. 3385300468

Nola (Na)

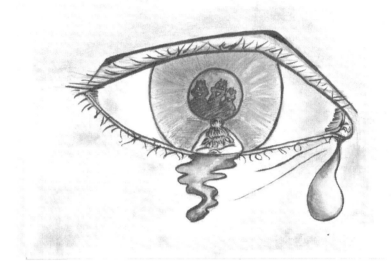

Autori

Eleonora Santella – Alessandra Strocchia 5° A

Tommaso Vitale

Nola (Na)

Scrivi una Favola VI edizione – Ass.ne Genitori del sud e-mail
genitoridelsud@gmail.com cell. 3385300468

Autore
Giulia Bosone 2° E
I.C. "B. Cozzolino - L. D'Avino"
Via Ferrovia 1 - 80040 San Gennaro vesuviano (NA)

Scrivi una Favola VI edizione – Ass.ne Genitori del sud e-mail
genitoridelsud@gmail.com cell. 3385300468

Autore
Aurora Dello Iacono 3° B
I.C. "B. Cozzolino - L. D'Avino"
Via Ferrovia 1 - 80040 San Gennaro vesuviano (NA)

Scrivi una Favola VI edizione – Ass.ne Genitori del sud e-mail
genitoridelsud@gmail.com cell. 3385300468

109

Autore
Martina Bianco 2° F
I.C. "B. Cozzolino - L. D'Avino"
Via Ferrovia 1 - 80040 San Gennaro vesuviano (NA)

Scrivi una Favola VI edizione – Ass.ne Genitori del sud e-mail
genitoridelsud@gmail.com cell. 3385300468

Autori
Scuola Secondaria 1° G
I.C. "Leopardi" Torre Annunziata (Na)

Autori

Lavoro di gruppo Sez.L

Scuola dell'Infanzia (Sperone)

IC. Giovanni XXIII Baiano (Av)

Autore : Anna Asia Quattordici IV H

I.P.S.S.E.O.A. " TEN.CC.Marco Pittoni"

Pagani (Sa)

Scrivi una Favola VI edizione – Ass.ne Genitori del sud e-mail
genitoridelsud@gmail.com cell. 3385300468

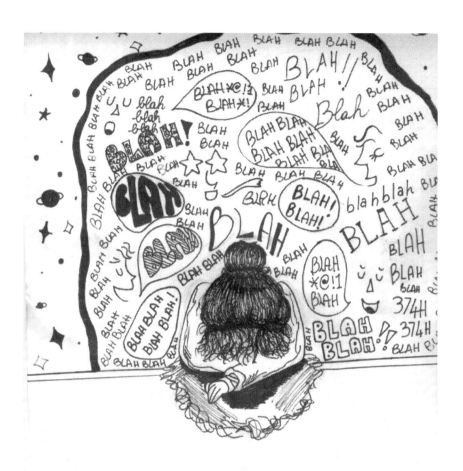

Autore : Giulia Ratini V H

I.P.S.S.E.O.A. " TEN.CC.Marco Pittoni"

Pagani (Sa)

Scrivi una Favola VI edizione – Ass.ne Genitori del sud e-mail
genitoridelsud@gmail.com cell. 3385300468

Autore

Lorenzo Salzano sez.A

I.C.S. Aldo Moro Casalnuovo (Na)

Scrivi una Favola VI edizione – Ass.ne Genitori del sud e-mail
genitoridelsud@gmail.com cell. 3385300468

L'associazione Genitori del Sud Ringrazia di Cuore i Suoi Sponsor

E' tutte le persone che venendo a comprare l'edizione precedente hanno permesso la stampa di questa nuova edizione …GRAZIE di cuore

Printed in Poland
by Amazon Fulfillment
Poland Sp. z o.o., Wrocław

62101469R00068